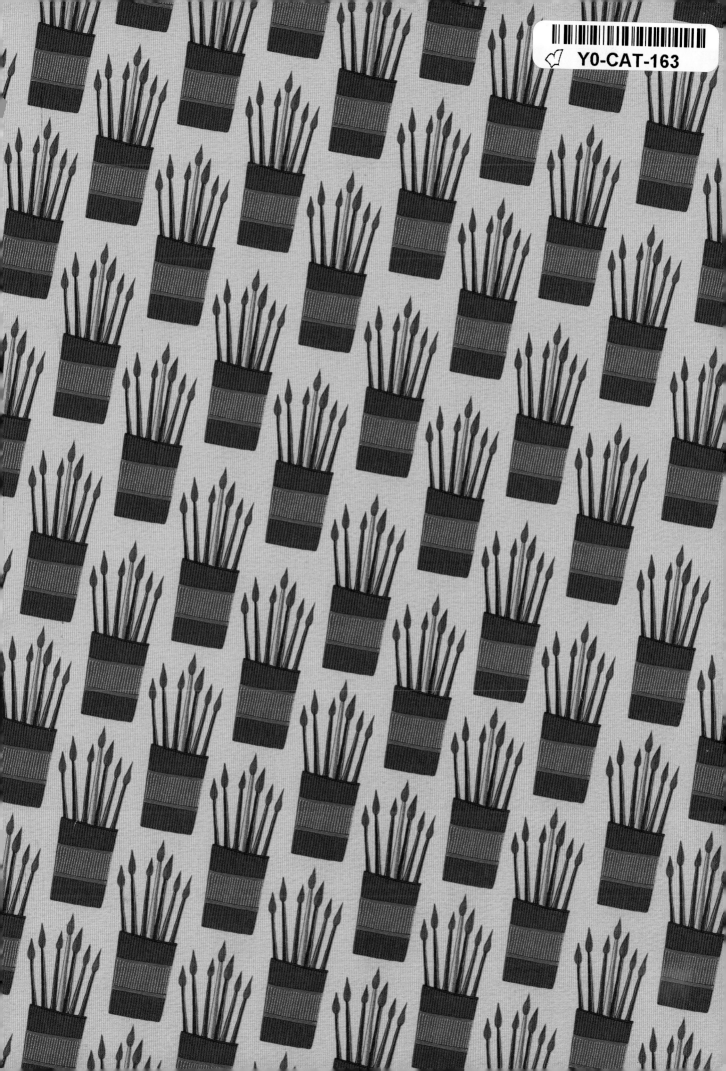

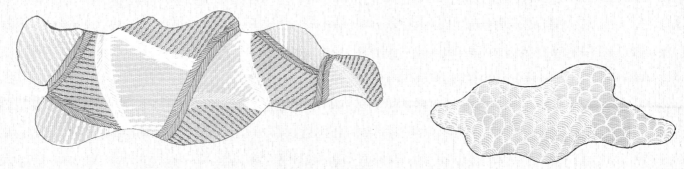

Así veo yo las cosas

Sirish Rao
Bhajju Shyam

Editorial Juventud

Había una vez un pintor que se llamaba Siena Baba.

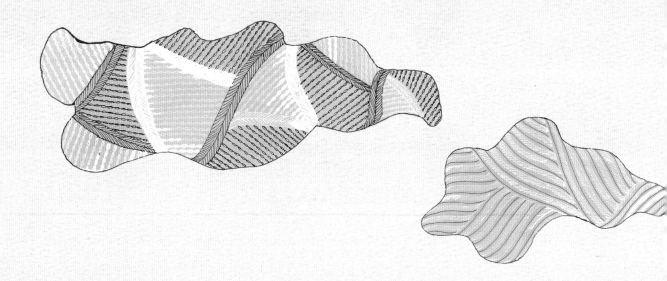

Siena Baba veía las cosas de una manera diferente a los demás.
Cuando todos decían: «¡Esta noche hay luna llena!»,
él decía: «Mmm..., hay un agujero blanco en el cielo».

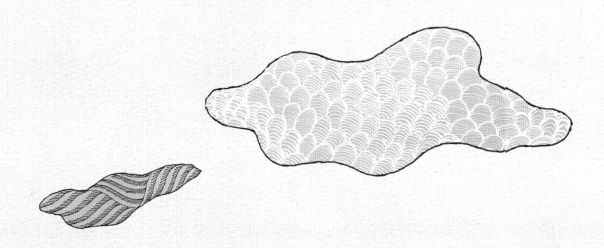

Cuando Siena Baba enseñaba orgulloso la serpiente que había pintado, la gente decía: «¡Pero si las serpientes no tienen alas!». Y su autorretrato favorito sorprendía a todos, porque no se le veía la cara.

«¡Ninguna de tus pinturas parece real!», se quejaba la gente.

«No lo puedo evitar
–contestaba Siena Baba–.
Así veo yo las cosas.»

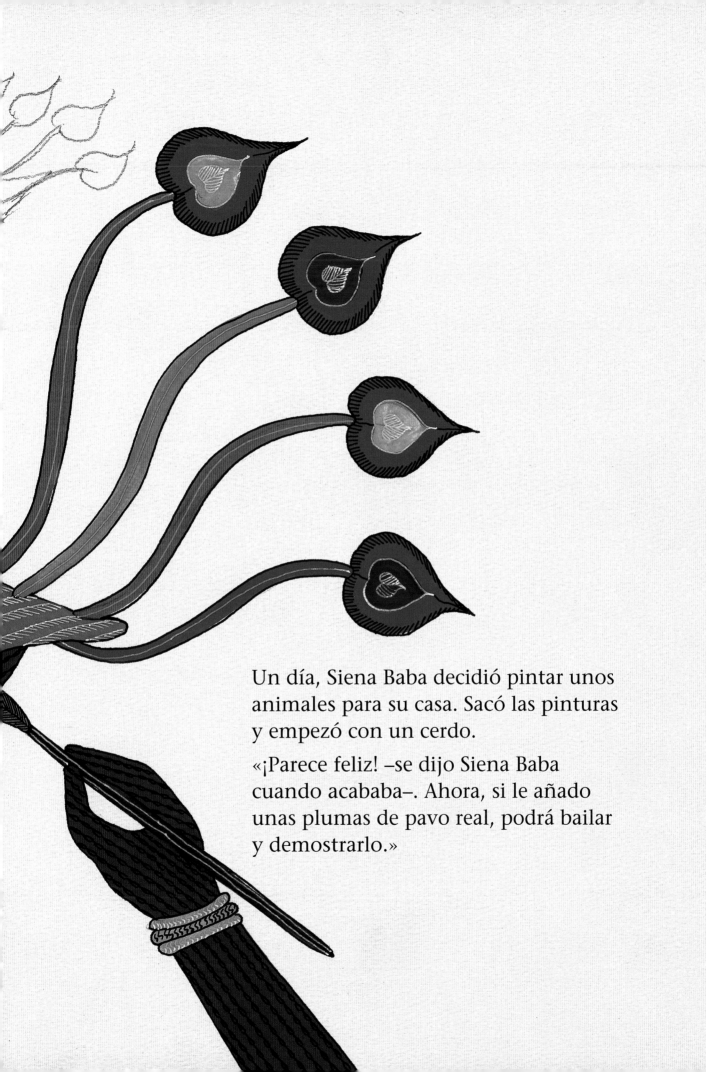

Un día, Siena Baba decidió pintar unos animales para su casa. Sacó las pinturas y empezó con un cerdo.

«¡Parece feliz! –se dijo Siena Baba cuando acababa–. Ahora, si le añado unas plumas de pavo real, podrá bailar y demostrarlo.»

Y convirtió la parte trasera del cerdo en un pavo real.

«¡Hola, **Cerdo-real**! –dijo Siena Baba–. Eres precioso.»

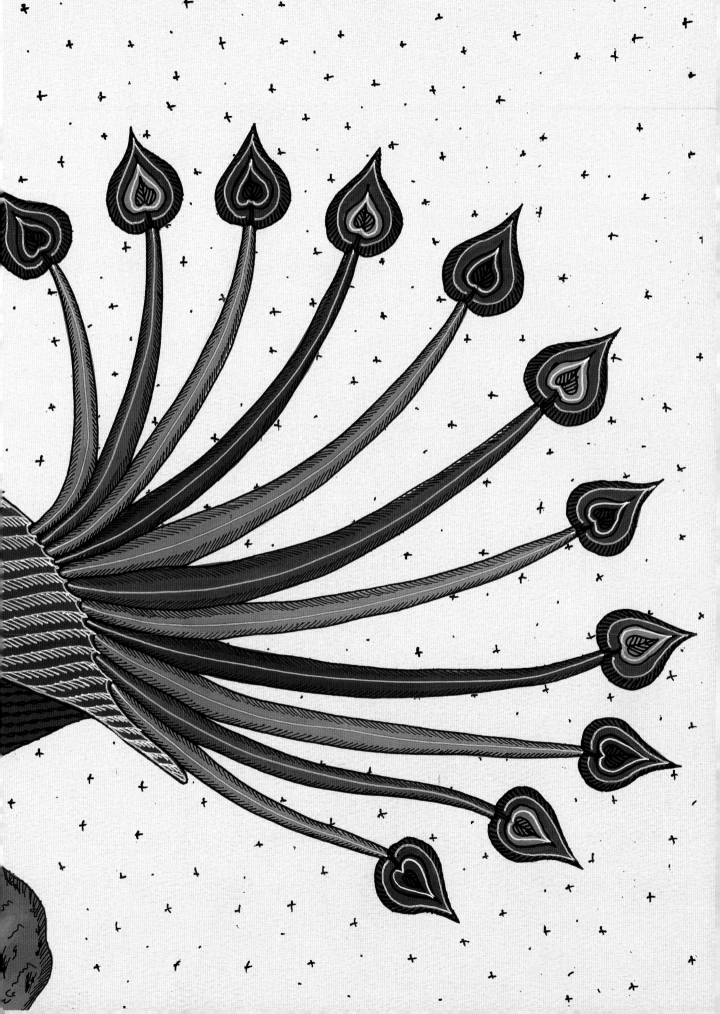

Pero el Cerdo-real no pensaba lo mismo.

«Para ti es fácil decirlo –gruñó–. ¡Pero yo tengo
un problema! No puedo jugar en el lodo con
estas preciosas plumas, y no puedo bailar
con los pavos reales con esta cara. ¡Haz algo!»

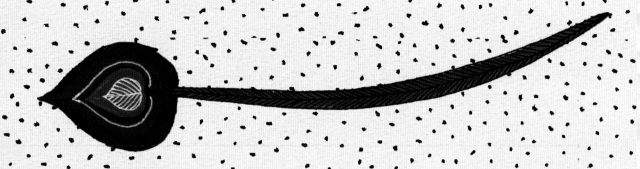

Era la primera vez que una pintura le dirigía
la palabra, así que Siena Baba se lo tomó en serio.

«Oh… –dijo–. ¡Esto es un problema! Lo siento,
ahora tengo trabajo, pero quédate aquí y ya
me ocuparé de ti.»

Y volvió al trabajo, diciendo: «Plumas, plumas…
Más plumas. Esta vez pintaré un pájaro…, un herrerillo».

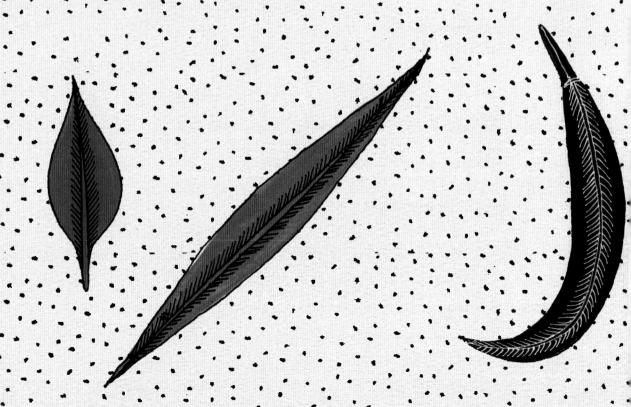

Pero a medida que iba trabajando, Siena Baba sintió
que el herrerillo necesitaba una voz mucho más fuerte.
Entonces le puso una cabeza de león.

Cuando acabó, se dio cuenta de que había hecho
un **Herre-león**.

«¡Menudo problema! –rugió el Herre-león–. Todos
se echarán a correr cuando cante!»

«¿Qué? ¿Tú también tienes un problema? –preguntó
Siena Baba–. Está bien; pero tendrás que esperar
tu turno después de Cerdo-real.»

Y así pasó el día. Siena Baba pintó un animal
tras otro, y cada uno era más extraño que el anterior.
Pintó un **Gallo-drilo.**

Luego pintó un **Ele-grejo.**

Y un **Ciervo-tuga.**

Y un **Mono-espín**.

Y finalmente, un **Zor-pez.**

Y acabó. Siena Baba se levantó, miró a su alrededor y
se sintió enormemente satisfecho de sus propias creaciones.

Pero ¿qué ocurría? Los animales no parecían tan felices.
El Cerdo-real se escondía en un rincón y parecía de mal humor.
El Ele-grejo trompeteaba: «¿Por qué mi cabeza pertenece
a la tierra y mis patas al mar?», y el Gallo-drilo corría
en círculos dando mordiscos a todos.

«¡AYUDA!», gritaron todos al darse cuenta de que Siena
Baba los estaba mirando.

«¡Por favor! –dijo Siena Baba, que estaba cansado de haber trabajado todo el día–. Dejadme dormir. Lo arreglaré todo luego, lo prometo. Siempre se me ocurren las mejores ideas en los sueños.»

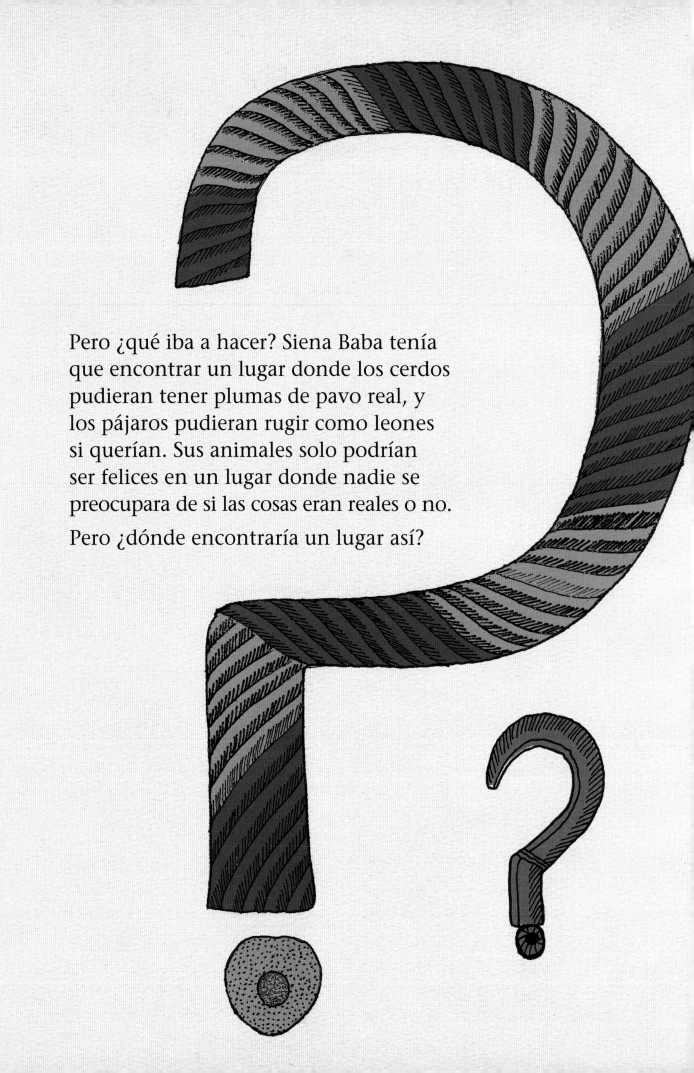

Pero ¿qué iba a hacer? Siena Baba tenía
que encontrar un lugar donde los cerdos
pudieran tener plumas de pavo real, y
los pájaros pudieran rugir como leones
si querían. Sus animales solo podrían
ser felices en un lugar donde nadie se
preocupara de si las cosas eran reales o no.

Pero ¿dónde encontraría un lugar así?

Y… justo cuando amanecía,
encontró la respuesta.

Así fue como Siena Baba los puso
a todos en un libro, donde vivieron
felices para siempre.

Título original: THAT'S HOW I SEE THINGS
© del texto: Sirish Rao, 2007
© de las ilustraciones: Bhajju Shyam

© EDITORIAL JUVENTUD, S.A., 2008
Provença, 101 - 08029 Barcelona
info@editorialjuventud.es
www.editorialjuventud.es

Traducción castellana: Élodie Bourgeois Bertín
Primera edición, 2008
Depósito legal: B. 6.001-2008
ISBN 978-84-261-3643-5
Núm. de edición de E. J.: 11.068
Printed in Spain
T. G. Alfadir S. A., Rosselló, 52 - 08940 Cornellà de Llobregat

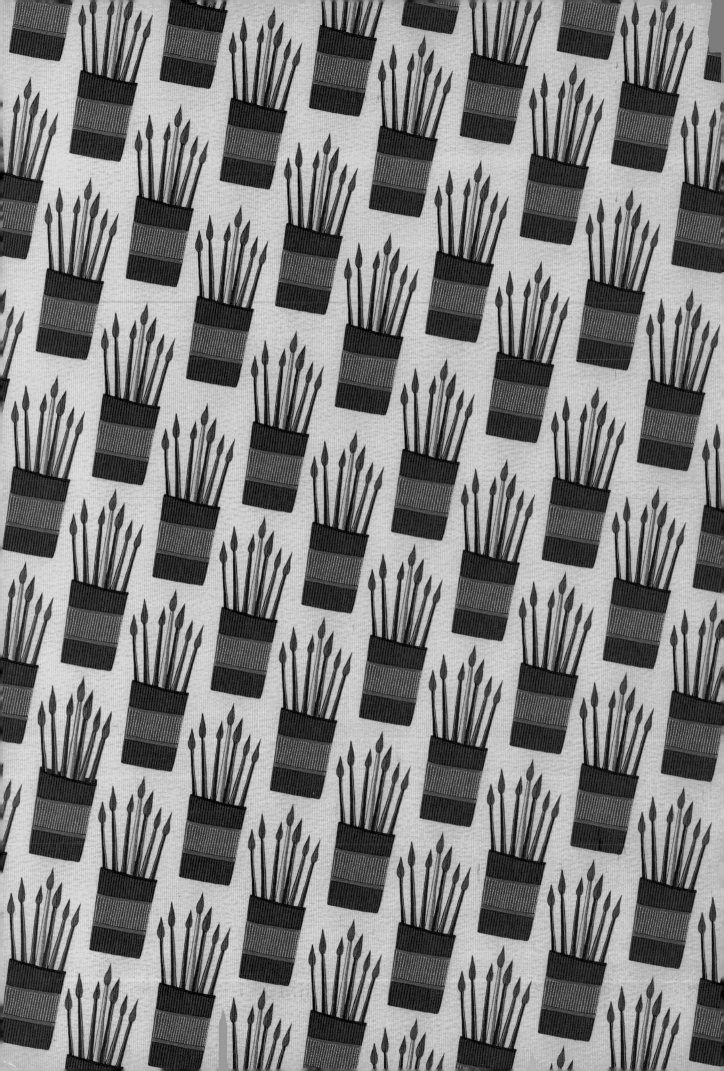